다산의 처녀

다산의 처녀

문정희 시집

민음의 시 168

민음사

自序

드디어
'다산(多産)의 처녀'를 내보낸다

산욕의 고통으로 풍성했던
대지를

2010년 가을
문정희

차례

3부

1부

늙은 꽃

어느 땅에 늙은 꽃이 있으랴
꽃의 생애는 순간이다
아름다움이 무엇인가를 아는 종족의 자존심으로
꽃은 어떤 색으로 피든
필 때 다 써 버린다
황홀한 이 규칙을 어긴 꽃은 아직 한 송이도 없다
피 속에 주름과 장수의 유전자가 없는
꽃이 말을 하지 않는다는 것은
더욱 오묘하다
분별 대신
향기라니

내가 화살이라면

내가 화살이라면
오직 과녁을 향해
허공을 날고 있는 화살이기를

일찍이 시위를 떠났지만
전율의 순간이 오기 직전
과녁의 키는 더 높이 자라

내가 만약 화살이라면
팽팽한 허공 한가운데를
눈부시게 날고 있음이 전부이기를

금빛 별을 품은 화살촉을 달고
내가 만약 화살이라면
고독의 혈관으로
불꽃을 뚫는 장미이기를
숨 쉬는 한 떨기 육신이기를

길을 알고 가는 이 아무도 없는 길

길을 잃은 자만이 찾을 수 있는
그 길을 지금 날고 있기를

나의 의자

내가 진정 사랑한 것은 시가 아니라
짐승처럼 발이 네 개나 달린 의자였는지도 모른다
그에게 엉덩이를 들이밀고
감히 한 시절을 보내 버렸다
불가해한 언어군 속에서
처녀림 같은 새 별자리가 돋아나기를 기다리며
그와 함께 맘껏 생을 탕진했다
하지만 엉덩이를 의자에 내려놓을 때가
어떤 사내와의 포옹보다 편안했음을 고백한다
때로 그를 벗어나려 버둥거렸지만
벗어나면 더없이 불행해지는 것은 무슨 일인가
탑보다 더 깊은 뿌리를 그에게 내린 것은 아닐까
언제나 나의 유일한 권력은
나는 쓴다! 였다
신화 속의 영웅처럼
한 운명을 걸었던 것만은 틀림없다
나의 시는 그의 갈비뼈에서 태어났다
냄새도 모습도 없는 범(梵)허깨비의 노래를 기다리며
오늘 밤에도 기꺼이 불면을 청한다
그의 품에 달덩이 같은 하체를 밀어 넣는다

식물원 주인

시인을 꿈꾸다가 시 대신 땅에 나무를 심어
식물원 주인이 된 그가 말했네
상처 없는 시가 없듯이
지상에 상처 없는 나무는 한 그루도 없더라고 했네
살아서 바람 앞에 흔들리는 목숨에
상처는 지금 내가 살아 있다는 빛나는 증표
쓰라린 아픔으로 진물을 흘리지만
깊은 성찰을 던진다네
시건 나무건 상처가 있어 가엾고 사랑스럽지, 그러니까
상처는 그 자체로 참혹하고 아름다운 생명!
그것을 알아본 식물원 주인! 그는 벌써 빛나는 시인이었네
그가 키운 저 푸른 상처들, 바람 앞에 나풀거리는 생명들
뿌리의 감옥에 갇혀서도 자유롭게 흔들리며
하늘로 치솟는 나무들을 보며
누가 보라고 저리 푸르렀을까 물었더니
주인이 없지! 보는 사람이 보는 거지! 라고 대답하네
시도 시인이 아니라 읽는 사람이 다 가지듯이

잠

사그락 사그락 모래알로 집을 짓다가
지금은 그 집 속에 들어가 잠을 자는 시간
잠 잠 이 말 참 좋다 고단한 낙타여
여기가 사막이면 어떠랴

하늘에도 영롱한 노숙의 별들은 많다
잠자고 또 잠을 자고
지상에 슬픈 아이 하나 만들어도 좋으리

제 등에다 제 몸을 얹고
우리는 순응처럼 오래 걸었다
밤이 물비늘처럼 부드러운 담요를 둘러 주는 시간
순례는 항구에 닻을 내린다
성자처럼 깨어 있는 것만이 위대한 것은 아니다
너와 나의 숨 가쁜 사랑도 좀 느슨하게 하고
전쟁과 돈의 공포는 잠시 잊어도 좋다

우리가 잠을 자는 동안 천 년이 흘러
천 개의 달이 아까운 심장을 반쯤 베어 먹어도

잠이 아니면 꿈의 미로와 그 틈새를
어떻게 들어가 볼 수 있으랴
영원한 큰 잠이 데려가기 전
잠 잠 이 말 참 좋다 사랑하는 낙타여

내가 입술을 가진 이래

내가 입술을 가진 이래
사랑한다는 말을 한 적이 있다면
해가 질 때였을 것이다
숨죽여 홀로 운 것도 그때였을 것이다

해가 다시 떠오르지 않을지도 몰라
해가 다시 떠오르지 않으면
당신을 못 볼지도 몰라
입술을 열어
사랑한다고 사랑한다고 말한 적이 있다면……

한 존재가 흔적도 없이 사라지고 말 것을
꽃 속에 박힌 까아만 죽음을
비로소 알며
지는 해를 바라보며
나의 심장이 지금 뛰는 것을
당신께 고백한 적이 있다면……

내가 입술을 가진 이래

절박하게 허공을 두드리며
사랑을 말한 적이 있다면
그것은 아마 해가 질 때였을 것이다

활엽수

타오를 때만이 살아 있는 거라고 생각했어
그냥 숨 쉬는 것은 생명이 아니었어
치솟는 날개로 하늘 향해 항거하는
늘 푸른 활엽수이고 싶었어

허공이 뚫리도록
시를 쓰고 싶었어

활시위처럼 팽팽한
고독의 문장을 쏟고 싶었어

짧을수록 좋은
봄날의 축제
찌그러짐만이 유일한 완성인 시간을
전율로 채우고 싶었어

폭양 아래
금세 노쇠의 징후가 드러나는
사랑을 정조준하고
폭포처럼 알몸으로 일어서고 싶었어

종이비행기

이것이 무어란 말인가
허공을 떠도는 에로스의 새

날카로운 입술로
위태로이 위태로이
눈에 보이지 않는 별들을 쪼다
짧은 자유 속을 비틀거리다
바람에 이마를 부딪고
무참히 고꾸라지는
총구 앞의
탈옥수

접힌 채 비상을 꿈꾸는
사람의 손 중에 가장 가벼운 손
끝내 추락하는 슬픈 잎사귀

아아, 이것이 무어란 말인가
강신무(降神巫)의 고깔에 얹힌
흰 사슴 뿔

새벽 비

모든 순간이 몸속에 새겨지고
한 번 새겨진 것은 한 생이 끝나고
또 한 생이 시작될 때에도 그대로 남는다
카르마인가? 알 수 없다

새벽 빗소리에 잠을 깨니 하코네*이다
푸른 숲 사이 당꼬 바지 입은 젊은 아버지가
사냥총을 메고 서 있다
식민지의 사내, 나 태어나기 전
하늘을 응시하던 눈이 지금 내 앞에 있다

그가 겨냥한 것은 무엇이었을까
짐승이었을까?
앨범 속의 그는 영원한 유민이다

일본은 그냥 외국 중의 하나가 아니었나 보다
비행기를 타고 와 또 하나의 깊은 강을 건너야
비로소 일본에 닿게 된다
반음씩 떨어지는 빗소리가 새로 무엇을 새기는지

후끈후끈 신열이 난다

무명(無明)의 등불을 켜고
치차 하나가 새벽 빗속을 달리고 있다

* 도쿄 근교의 온천 도시.

적막

— 작가촌에서

적막이 둔기로 나를 때려
허공에 뿌리 들고 쓰러졌다
무엇이 들어차서 이리 절박한가
작가촌에 온 지 한 달
나의 살과 나의 뼈는
단 한 줄의 시도 만나지 못했다

창밖에선 야생 사과가 뚝 뚝 지상을 두드리며
저만치 굴러가고
사슴들이 전위 예술가처럼 교묘한 뿔을 세우고
노을 속에 서 있는데
슬픔이란 참 아름다운 것이구나!
칼날 같은 비명만 쏟아 냈다

절름발이 시인은 오피움을 피워 놓고 명상을 하고
검은 카리브 작가는 접시를 닦으며 파두를 부르고
늙은 희곡작가는 죽은 듯이 집필에 들어갔는데
나는 수인처럼 동굴만 파 들어갔다
이 동굴을 벗어나면 무엇이 보일까

페넬로페 짜던 실을 올올이 다시 풀었다

적막이 둔기로 나를 때려
검은 코피로 동굴 속 시마(詩魔)를 먹여 살렸다

독수리의 시

눈알 속에 불이 담긴 맹금
나는 부리로 허공을 쪼던 독수리였는지도 몰라

나는 칼 잡은 여자!
도마 위에 날것을 얹어 놓고 수없는 상처를 내고
자르고 썰고 토막 치고 살았지
불로 끓이고 지지고 볶고 살았지

나는 한 달에 한 번 피를 보는 여자!
제 몸을 찢어 아이를 낳아 사람으로 키우지
내가 시인이 된 것은 당연한 일
다리미가 뜨거워지기를 기다리는 동안 책을 읽고*
찌개가 끓는 동안 글을 썼지
밤이 되면 남자가 아니라
허물 벗은 자신의 맨살을 만지며
김치의 숙성처럼 스스로 익어 가는 목소리를 기다렸지

나는 알고 있지
적과 동지를 구별하는 기교가 아니라

내가 나를 키우는 자궁의 시간을
그 무엇도 아닌 자신의 피로 쓰는
천 년 독수리의 시 쓰는 법을

* 미국의 여성 시인 에이드리언 리치.

떠돌이 풀

집시처럼 떠돌며 살아가는 풀을 보았다
온몸을 축구공처럼 둥글게 말아 가지고
땅 위를 굴러다니다가
일 년에 한두 번 사막에 비가 오면
그 자리에 얼른 뿌리를 내려
생명을 퍼뜨리는
텀블링플랜트*

폭양을 쪼아 먹고 사는 새처럼
황금빛 뼈와 날카로운 가시만 남은
가벼운 빈집

오직 부재로 가득한 바람 속을
부서질 듯 부서질 듯
구르고 굴러
사뭇 경건한 힘 하나를 이어 가고 있었다

그는 식물의 자서전이 아니라
떠돌이 고행자의 경전을 쓰고 있었다

산다는 것은 무엇인가
혼신을 다해 떠도는 검불들의
황홀한 생애
나 사막에 가서 두 눈으로 보고 말았다

* 사막을 텀블링하듯 굴러다니는 식물.

고양이

나는 무슨 종(種)의 고양이인가
가령 사람이 울 때보다
나의 울음은 이리도 슬프고 무서워

검은 동공 속에
뜻 모르게 반짝이는 강물을 숨기고
허공에다 내지르는 불길한 비명
나의 시여

나는 어디서 온 어두움인가
외로운 발톱으로
바람 속에 상처를 내며
위험한 적들로 가득한 이역을 어슬렁거리는

나는 지상의 생명이 아니라
지상의 그림자인지도 몰라

방랑과 비애의 털이 수북한 골목을
노회한 부드러움으로 어슬렁거리는

나는 붓다가 버리고 간
날카로운 관능인지도 몰라

2부

사람에게

사람을 피해 여기까지 와서 사람을 그리워한다
사람, 너는 누구냐
밤하늘 가득 기어 나온 별들의 체온에
추운 몸을 기댄다
한 이름을 부른다
일찍이 광기와 불운을 사랑한 죄로
나 시인이 되었지만
내가 당도해야 할 허공은 어디인가
허공을 뚫어 문 하나를 내고 싶다
어느 곳도 완벽한 곳은 없었지만
문이 없는 곳 또한 없었다
사람, 너는 누구냐
나의 사랑, 나의 사막이여
온몸의 혈맥을 짜서 너를 쓴다
사람을 피해 여기까지 와서 사람을 그리워한다
별처럼 내밀한 촉감으로
숨 쉬는 법을 알고 있는
사람, 너는 얼마나 짧기에 이토록 아름다우냐!

나와 나 사이

나와 나 사이
시를 버리고
흐르는 구름을 끼워 놓는다
눈부신 양들의 행렬을

시는 때로 욕망의 무게를 지니지만
구름은 만개한 공허
흩어지고 말면 그뿐인
나와 나 사이

날카로운 터럭을 밀어 버린다
앵무새 능구렁이 삼류 배우를 밀어 버린다
이끼가 낄 때까지 입을 열지 않는
검푸른 석벽(石壁)도 치워 버린다

이제 무엇이 흐르는지
무엇이 새로 태어나는지
해 지고 해 뜨는 지평선 같은
나와 나 사이

하늘 하래 민둥산
해무(海霧)를 먹고 자라는
거북등 같은 섬과 섬 사이

빈 목선을 타고 밀려오는
오, 싱싱한 불립문자(不立文字)들

쓸쓸

요즘 내가 즐겨 입는 옷은 쓸쓸이네
아침에 일어나 이 옷을 입으면
소름처럼 전신을 에워싸는 삭풍의 감촉
더 깊어질 수 없을 만큼 처연한 겨울 빗소리
사방을 크게 둘러보아도 내 허리를 감싸 주는 것은
오직 이것뿐이네
우적우적 혼자 밥을 먹을 때에도
식어 버린 커피를 괜히 홀짝거릴 때에도
목구멍으로 오롯이 넘어가는 쓸쓸!
손글씨로 써 보네 산이 두 개나 위로 겹쳐 있고
그 아래 구불구불 강물이 흐르는
단아한 적막강산의 구도!
길을 걸으면 마른 가지 흔들리듯 다가드는
수많은 쓸쓸을 만나네
사람들의 옷깃에 검불처럼 얹혀 있는 쓸쓸을
손으로 살며시 떼어 주기도 하네
지상에 밤이 오면 그에게 술 한잔을 권할 때도 있네
그리고 옷을 벗고 무념(無念)의 이불 속에
알몸을 넣으면

거기 기다렸다는 듯이
와락 나를 끌어안는 뜨거운 쓸쓸

비극 배우처럼
— 검은 눈화장이 조금 흘러내린 포즈로

인생은 짧고 결혼은 왜 이리 긴가
가도 가도 벌판
허공은 또 왜 이리 많은가

새들아 대신 울어 다오
나 깊은 울음 더 퍼내기 싫어
앙상한 광채로 흔들리는 갈대들아
하늘 향해 미친 손을 휘저어 다오

봄은 가는데
꽃들은 얼마를 더 소리쳐야 무덤이 될까

자식이 있지만
그들은 우리의 자식이 아니야
다만 우리가 그들의 부모일 뿐

푸르고 무성한 나무에 입술을 대었다가
얼음 기둥에 혀가 붙어 버린
비극 배우처럼

사방은 알 수 없는 독백뿐이야
독백의 무게가 천둥처럼
하늘의 심장을 쾅쾅 때릴 뿐이야

꽃이 질 때

사내들은 이럴 때 사창가를 어슬렁거리나 보다
아무하고도 자고 싶지는 않지만
아무도 모르는 곳에 눕고 싶을 때가 있다
오늘도 나의 생은 상처 속에서 찰랑거렸다
외출을 하면 전신에서 뚝뚝 물이 떨어졌다
사람들은 그것을 보고 활기가 있다고 했다
활기는 내 슬픔의 진액, 외로움이 내뿜는 윤기이다
사막에서 때로 뒷걸음으로 걸었다는 한 사내를 알고 있다
너무 외로워 자기 앞의 발자국을 보려고 그랬다고 한다
나는 일기를 쓰지 않지만
내 앞에 찍힌 발자국을 홀로 꺼내 볼 때가 있다
거기에 담긴 폭풍과 난파와 침몰의 음률을 듣는다
피와 굴종과 무위로 얼룩진 붉디붉은 그림자를
두근거리며 바라볼 때가 있다
나의 발자국은 유배의 운명, 유랑의 주소를 향해
편도로 찍혀 있다
나의 대지는 길과 사이이다
거기에도 어김없이 상처가 피어나고
따가운 바람에 꽃잎들은 온몸으로 바스러질까

아, 모르겠다! 이럴 때
꽃이 질 때

물의 처녀

붉은 물이 흐른다
더 이상은 벌릴 수 없을 만큼
크게 벌린 두 다리 사이
하늘 아래 가장 깊은 문 연다

치욕 중의 치욕의 자태로
참혹한 죄인으로 죽음까지 당도한다
드디어 다산(多産) 처녀의 속살에서
소혹성 같은 한 울음이 태어난다
불덩이의 처음과 끝에서
대지모(大地母)의 살과 뼈에서
한 기적이 솟아난다

지상에 왔다가 감히 그 문을
벼락처럼 연 일이 있다
뽀얀 생명이 흐르는 부푼 젖꼭지를
언어의 입에다 쪽쪽 물려 준 적이 있다

여행 가방

낮선 나라 호텔 방이다
내가 들고 온 가방 하나가
유일한 나의 알리바이 나의 혈육이다
한밤중 소스라치게 그가 나를 깨운다
창밖의 빗소리 살을 저민다
걸어온 길과 걸어갈 길에 대해
끝나지 않는 바람의 무게에 대해 가만히 묻는다
혼자 싹을 틔우려는 나무처럼 가방이 꿈틀거린다
착한 짐승처럼 곁에 앉아
당신은 누구냐고
왜 자꾸 떠나야 하는 거냐고
당신이 끌고 다니는 이 폐허는
대체 무엇이냐고 묻는다
이 밤엔 그가 슬픈 노래를 만드는 시인 같다
나는 대답 대신 이빨처럼 꽝꽝한 지퍼로 물고 있는
시간 속의 모래바람을 조근조근 눌러 준다
머잖아 구겨진 빨랫감 같은 공허들을 토해 놓고
빈 가방이 되어
흐린 기억 속으로 사라질 한 시인을 바라본다

떠돌이 여자의 노래

빙설 속에 실눈을 뜨는 발칸의 봄은 추웠다
마케도니아 국경 마을 외딴 산장에서
절뚝이며 떠도는 새 한 마리를 만났다
얇고 초라한 깃털, 삐걱거리는 무릎으로
한 동양 여인이 다가오더니
대뜸 노래를 부르기 시작했다
"도라지 도라지 백도라지……" 망망대해 천지간에
일점혈육을 만난 듯 그녀의 어깨를 와락 끌어안았다
풍랑 위에서 노를 젓듯이
떠돌이의 노래를 함께 부르며 몸을 좌우로 흔들었다
어린 날 중국에서 클 때 옆집 사람들이 가르쳐 준 노래가
뼈에 새겨져 수십 년을 함께 떠돈다고 했다
돌풍 같은 사랑, 알렉산더 같은 사내를 따라나섰다가
다시는 고향에 돌아가지 못하고
에헤야 데헤야 에헤에야……
유령처럼 국경을 떠도는 슬픈 유랑의 노래가
발칸반도 추운 밤을 톱날처럼 썰었다
슬픔의 밑바닥을 다 긁어 파며
달 속의 늑대를 물고 늘어지며

풍랑 위에서 떠돌이들이
노를 젓듯이 밤새 몸을 좌우로 흔들었다

독

— 아바나의 첫날

혁명 광장으로 나오니

구걸의 손이 제일 먼저 나를 반긴다

속도와 강박관념에 쫓겨 온 내가

그대에게 줄 것은 아무것도 없다

신종 감기처럼 번져 가는 세계화 속에

몇 낱의 자본주의 지폐를 보균자처럼 숨기고 있지만

나는 움찔움찔 걸어갈 뿐이다

바쁘고 빠르고 많이 소비한다는 것이

우월의 표지는 아니다

나는 차라리 혁명을 구걸하고 싶다

우리는 어차피 독 안에 든 쥐다

얼룩무늬 군복을 입고 군인들이 탱크를 몰고 나와

희망을 설득하던 때를 기억하는가

돈독이 시퍼런 서울을 떠나

이념의 독에 쩌든 아바나에 당도했지만

목숨은 내 것이고 이것은 짧다는 것뿐

변한 것은 아무것도 없다

꿈에는 언제나 치명적인 독이 발라져 있는가

무슨 증표처럼 싱싱한 양수가 내 안에서 터져
아바나의 발등 위로 뚝뚝 떨어진다

섬 속의 섬
— 발리에서

바다를 포식하는 섬이다
기름기 자르르한 햇살 속에
망망대해를 통째 먹고 마시는
나는 한통속의 통속(通俗)이다

이곳에 온 지 사흘
어디 있느냐? 나의 슬픔이여
춥고 캄캄한 문자 속으로 다시 돌아가
별 하나를 기다리는 수인(囚人)이 되고 싶다
고통의 언어를 밥처럼 씹는 시인의 어깨에
외로운 가랑잎을 기대고 싶다

행복은 생각보다 훨씬 오묘해서
시 한 줄에 매어
생애를 탕진하는 일도 있다는 것을
이곳 백성들은 모른다

오직 공손한 하인을 데리고 다니며
한껏 때린 작은 공 하나가

제 구멍을 비켜 간 것이 못내 아쉬워
살진 바닷가재를 입안 가득 넣고도
맛이 없다고들 야단이다

나는 지금 섬 속의 섬이다
몇 낱의 지폐로 왕이 된 관광객들과
뜻없이 만발한 열대꽃들의 웃음 사이를
부유물처럼 떠돌고 있다

추위가 없는 여기는
모조 천국이다
어디 갔느냐? 갈증과 부재로 굴러가는
그리운 나의 수레바퀴여

돌

나는 좀 돌 같은 인간이다
물결무늬 점점이 박힌 현무암쯤으로 뭉쳐진 돌이다
끝내는 부서져 바람이 되겠지만
좀체 씻겨지지 않는 뼈가 솟아 있다
이 뼈가 무엇일까
살아 있는 동안 나의 화두는 그것이다
떠돌이 별이었다가
폭풍을 굴리는 꽃이었다가
사랑의 빗금으로 일어서는
나의 뼈는
늘 탑이 되고 싶다
언어가 미치지 못하는 저 끝에서 달려오는
빗방울들의 신음 소리와
감히 허공을 받쳐 들고

살아 있는 여신

전설 속 설인(雪人)이 산다는
히말라야 설산 아래
비밀처럼 깊은 궁전에서 본 소녀!

높은 난간에 홀로 앉아 있던
리빙 가디스*라 불리는
슬픈 눈망울의 어린 여신(女神)

오늘 아침 외신이 그녀 소식을 전했다
아찔한 난간이 너무 높고 외로워
건너편 망고나무하고 결혼했다고

그녀는 여신이 아니라 여시인이었나
빗방울처럼 화들짝
나를 깨운
놀랍고 질투 나는 그녀의 시 한 편!

* Living Goddess. 초경 전의 아름다운 소녀를 뽑아 '살아 있는 여신'으로
  봉하는 네팔의 전통.

폭설 도시

폭설이 도시를 점령했다
사람들은 일제히 첫걸음마를 배우는 아이가 되었다
반짝이는 시간을 밟을 때마다
뽀드득! 새의 깃털 소리가 났다

하얀 손을 가진 이 통치자는 누구인가
그는 경제를 살리겠다는 구호를 내건 적도 없지만
역사상 어떤 만장일치로 세운 정부보다 빠르게
눈부신 풍요를 온 도시에 선물했다

그러나 이 꿈의 도시는
짧은 생몰 연대를 기록하고
미완의 혁명으로 곧 사라질 거라는
댓글이 인터넷에 나돌기 시작했다

저녁이 되기도 전에
화려한 몽상은 실체를 드러냈다

이 도시의 율법은 백지, 그러므로

누구도 법을 어길 일이 없어 좋았다고
아쉬워하는 젊은이도 있었다
보기 좋게 나자빠져도 법이 없으므로
죄도 벌도 없었다

제 길을 제가 만들어 가면 그뿐인
이 설국을 구상한 이는
정치가가 아니라
분명 시인이었을 것이다

조급증처럼 자동차들이 튀어나왔다
그들은 유언비어 사이를 질주하는가 싶더니
하얀 풍요의 도시를 순식간에 파괴해 버렸다

상처 입은 무릎

포탄 앞에 고꾸라지는 짐승처럼
힘찬 무릎들 야만의 총구 앞에
피 흘리며 쓰러진 곳
운디드 니*를 아시나요?

녹슨 종루에서
절규하듯 종소리 하늘로 퍼져 나갈 때
검은 까마귀들
공포를 물고 날아오르던 날
천만 개의 슬픔이
우박처럼 쏟아지던 곳 운디드 니
상처 입은 무릎을 아시나요

엉겅퀴 피를 뿜으며 자라나는 계곡
바위들의 뼛속 깊이 밴 울음이
결국은 무지개로 피어나는 곳

무등**(無等)을 오르듯
나 오늘

운디드 니에 당도했어요

---

* Wounded Knee. '상처 입은 무릎'이란 이름의 계곡으로 미국 노스다
코타에 있는 인디언 학살지.
** 광주의 명산.

신부의 눈물

많이 울어야 행복해진다며
신부는 깊이깊이 울었어요
첫날밤 열 손톱에 크나* 꽃물을 들였어요
먼 길을 달려온 신랑이 떨리는 눈빛으로
신부의 베일을 벗길 때
뺨 위로 도르르 도르르
행복으로 건너가는 무지개가 떴어요

기쁨과 슬픔의 뼈에서 솟은 눈물은
인간이 만든 가장 맑은 보석
목화송이처럼 하얀 석회(石灰)의 성 아래서 자란
아름다운 신부는
눈물을 혼수로 가지고 시집을 갔어요

행복이란 기쁨과 슬픔을 모두 맛보는 것이라며
많이 울어야 행복해진다며
첫날밤 신부는 열 손톱에 크나 꽃물을 들였어요
깊이깊이 느껴 울며

눈물을 혼수로 싸 가지고 시집을 갔어요

* 손톱에 꽃물을 들일 때 쓰는 터키의 풀 이름.

지팡이

멕시코 중부로 가는 비행기 안에서
지팡이와 함께 앉은 노인을 보았다
지팡이는 무기가 아닌가
까다로운 공항 수속을 통과한 지팡이를 보며
그의 뒷자리에 앉았다

중남미 도서전이 열리는 과달라하라 공항에 내리니
마중 나온 여교수가 흥분해서 말한다
가르시아 마르케스 씨도 이 비행기로 오셨어요
그녀가 가리킨 곳에
지팡이가 사람들에 둘러싸여 있었다

현실은 지팡이를 짚고 오는 것인가
나는 자주 그를 알아보지 못했다

많은 고독한 막대기들을 보았지만
보았을 것이지만
바로 옆자리에서 뒷자리에서
그와 어깨를 부딪쳤지만

마르케스는 보지 못하고 지팡이만 보았을 것이다

지팡이와 술을 마시고, 지팡이와 회의를 하고
지팡이와 키스를 하고
심지어 지팡이와 결혼을 했을 것이다
어쩌면 그래, 그쪽도
나의 지팡이만 보았을 것이다

시인의 퍼포먼스

발가벗어도 캄캄한 땅을
술로 채우다가
방광이 터져 버린 시인의 병실을 찾았다

시인은 없고
깃털 화살 배에다 꽂은
황야의 추장이 누워 있다

자멸(自蔑)과 자멸(自滅)로 존재를 밀어붙여
드디어 광기의 신과 연결한 호스 끝에
단아한 죽음이 매달려 있다
움직일 때마다
생명의 부품들이 맞부딪치는 소리가
티베트 승려가 인골적(人骨笛)*으로 부르는
피리 소리처럼 신묘하다

자유를 향한 통로를 저렇게도 만들다니
그는 역시 빼어난 시인이다

진흙 꽃 속에서
제 몸을 악기로 연주하는 광인의 퍼포먼스에
고원의 새들조차 두려워
허공을 뚫고 날아오른다
신(神)만이 유일한 관객인 것 같다

* 죽은 수행자의 무릎뼈로 만든 티베트의 피리.

여행길

햇살 속에 바퀴가 있다
햇살이 있는 곳은 어디든 길이다
나는 그것을 인도에 와서 알았다
해골을 뜯어먹고 산 탓인지
까마귀들이 친인척처럼 달려들었다
매캐한 연기와 연기(緣起)의 카오스를
심해어처럼 꿰어 다녔다

여기서 내가 할 일은 오직 길을 잃는 일뿐이다
나는 홀로 유파(流派)이다
길 하나를 만들며 맨발로 걷고 또 걷는다

죽은 아내가 그리워 무굴의 왕이 지었다는
찬란한 보석 무덤을 향해 자무나 강가로 떠나는 날
나는 홀연 차에서 내렸다
이번 생이 아니면 다음 생이라도
사랑하는 이를 만나면 그때 함께 가리라
내 몸에도 바퀴가 있으니
시공을 넘어 무한에 닿으리라

사랑이여, 그때 나는 어디에 있을까
그것을 다만 모를 뿐이다

3부

겨울 프라하

햇살이 금화처럼 굴러다니는
연금술사의 골목
죽은 오빠의 시집을 팔고 있는
누이의 서점으로 들어선다
머리가 긴 사내가 하프를 안고 서 있다
창밖에 은빛 나무들 우거지고
멀리 백조들이 은방울처럼 떠 있다
활처럼 걸린 다리 위로
구리 옷을 입은 성자들이 걸어 나와
가등마다 푸른 점등을 한다
해가 지기도 전에
붉은 술을 마시기 시작하는 저녁 강물
나도 그 위에다 자유를 위한
악보 하나를 그리고 싶다
연금술사가 어느새 내 뼈에다 광채를 입혔을까
온 생이 불현듯 환해진다
오늘 밤 나 기꺼이 망명 시인이 되어
길을 잃는다

깃털

깃털은 때로 뜻하지 않은 곳에
당도한다는 것을 알고 있지만
오늘 이 폐허는 무엇인가
결국 나도 모르는 내 안에 당도한 것은 아닐까

오랜 비상의 흔적으로
시 하나를
깃털처럼 걸치고 서 있는
외다리의 새

이것이 나의 완성이라면
곧 시들고야 말 가벼운 구름 한 점이
내가 만든 시집이라면
이런 질문은 또 무엇인가

아무것도 씌어 있지 않는 허공을
가로질러 오는
저 폭설은?
폭설 속에 반짝이는

우화등선(羽化登仙)의 흰 깃털들은
대체 누구를 향한 희론(戱論)인가

새벽 공항

검은 하늘을 뚫고 왔다
지구에 두고 온 내 집이 고대 유적처럼
밤새도록 내 안에서 삐걱거렸다
인생은 천둥의 속도보다 빠른 것 같다
드디어 존 케네디 공항이다
이 섬에 먼저 도착한 케네디들이
방탄 유리벽이 되어 나에게 방문 목적을 묻는다
들끓는 공허 때문에 왔지만 친지 방문이라고 답한다
공허는 나의 친지이다
거대한 녹으로 덮인 제국이
겁도 없이 나를 뒤지기 시작한다
속속들이 뒤져 다오! 여권 사진 너머 무엇이 있을지
실은 나도 그것이 궁금하다
저 너머가 궁금하여 젊은 날 스스로 죽어 본 사람처럼
조바심을 친다 누군가는 손가락을 펴서 지문을 찍고
눈알을 카메라에 고정시킨다
새벽부터 지구 위에 이토록 많은 일들이 행해지고 있음을
왜 미처 생각지 못했을까
대형 냉동 창고에 들어가기 전 위생 스탬프를 받아야 하는

살코기들이 컨베이어 벨트를 따라 들어간다
내가 누구인지 이제 나조차도 알 수 없다
익명의 모래들이 제각기 다른 시차로 살고 있는
차가운 용광로
누구에게도 도착을 알리지 않았지만
환영의 레드 카펫처럼
빙판이 위험 수위의 고독을 내장한 채
으스스 나를 향해 달려들었다

문어

문어(文魚)가 꽤 지적(知的)인 이름을 가진 것은
머릿속에 들어 있는 먹물 때문인지 모르지만
그가 먹물을 찍어 글을 쓰는 것을 누구도 본 적은 없다
물렁한 대가리에 움푹한 눈을 하고
여덟 개의 긴 다리를 팔방으로 뻗치고 다니며
포획물을 휘감는 것을 보면
좀 흉물스럽기까지 하다
사실 그는 전형적인 먹물 가진 속물
흡반으로 강하게 밀착한 후
맹렬히 빨아 대는 그에게 걸리면
누구든 그만 슬슬 넋이 나가고 만다
긴급 상황에는 유감없이 먹물을 뿜어 사태를 흐려 놓고
다리를 통째 자르고 사라질 때도 있다
그가 노는 물에 떠다니는 새끼들을 보면
이건 모두 오리발이다
주로 여의도나 인왕산 부근에서 논다고 들었지만
이 무척추동물이 색깔을 바꾸어 가며
대학가에도 나타나고 우리 동네에도 있다
그는 시보다 몸으로 더 많이 돌아다닌다

어떤 시집을 펼치면 덜 말라 쭈뼛한 그의 대가리가

고약 같은 먹물을 달고 튀어나와

섬뜩 뒤로 물러설 때가 있다

이름

책장을 넘기고 또 넘긴다
무어든 손에다 쥐려고 하는 내 습성은
사뭇 중증에 이른 것 같다
책 속에서 무언가를 꼭 건지려 한다

그것뿐이 아니다
술 한잔을 마시어도 위안을 건지려 하고
돌멩이 하나에서도 애써 침묵을 판독한다

두 손을 활짝 꽃처럼 펴 본다
벗은 나무들이 성긴 눈발 속에서
표표한 잎과 붉은 열매로 서 있듯이
그렇게 환한 구도를 만들 수는 없는 것일까

죽어서 관 밖으로 빈손을 내보이게 했던
한 부호도 떠올린다

손에 쥐면 그만 사라져 버리는
이름 하나를

눈송이처럼 머물다가 소멸해 버리는 색(色) 하나를
끝내 움켜쥐고 싶은 손이
밤새도록 책장을 넘기고 또 넘긴다

책 속에서 술병을 꺼내
입안 가득 붓는다

먹이에 대하여

패전국의 왕녀를 떠메고 가는 병사들을 만났다. 해 질 녘 개망초 무성한 아파트 뒷길. 황금 날개에 검정 줄무늬의 호랑나비를 개미들이 정성스레 떠메 가고 있다. 날개 한 끝이 땅에 스칠 때마다 자칫 아름다움이 훼손될세라 그들은 더욱 일사분란하게 몸을 움직인다.

완전한 언어로 콘돌 댄스〔弔舞〕를 추던 눈부신 날개! 이 뜻밖의 노획물을 떠메고 가는 개미들은 환호작약에 빠져 어디에서도 시체와 죽음을 바라볼 새가 없다. 대지 위에 별처럼 뾰족한 피라미드라도 곧 세울 기세이다.

태초부터 삶은 먹이를 위한 것이 아니라 아름다움을 쟁취하기 위한 것이 아니었을까. 사나운 모래바람 속에 목숨을 던져 전쟁을 치르고 빛나는 전리품을 떠메 가고 있는 행렬이 세상의 길 하나를 번쩍번쩍 들었다 놓는다.

황혼이 검은 서랍을 열고 서서히 그림자를 풀어놓는다. 조문객들처럼 늘어선 가로등이 물병좌처럼 흐릿한 불을 밝힌다. 전쟁터에서 돌아오던 한 거인이 쭈그려 앉아 장엄한

운구 행렬을 보고 있다. 목숨을 던져 물어다 놓은 슬픈 먹이
들이 끈적한 부패와 덧없는 살냄새를 풍기는 아파트 뒷길.

축시 읽는 시인

붉은 리본을 핵폭탄 경고문처럼 줄줄이 매단

화환들이 늘어선 기념식장

한 시인이 축시를 읽는다

허세와 아첨 두 개의 넥타이를 매고 온

검은 양복들 속에

천재와 고뇌로 머리칼을 쥐어뜯었던

요한 세바스찬 바흐를 배경에 깔고

과장과 미화의 언어를 모아

한 시인이 축시를 읽는다

유명 예술대학 출신 현악 사중주와

고가의 악기들과 나란히 서서

슬프고 배고픈 또 하나의 악기인

한 시인이

폴란드 망명정부의 지폐* 같은 시를 꺼내 들고

엄숙하게 축시를 읽는다

줄줄이 허명을 매단 화환들이

조직폭력배처럼 늘어선 기념식장

검은 소매 속에서 의수처럼 차가운 손을 꺼내어

반가운 듯 끝없이 악수를 나누는 시간

한 시인이 목메는 소리로
되도록 간절하게 축시를 읽는다

* 김광균의 「추일서정」에서.

명봉역*

아직도 은소금 하얀 햇살 속에 서 있겠지
서울 가는 상행선 기차 앞에
차창을 두드릴 듯
나의 아버지
저녁노을 목에 감고
벚나무들 슬픔처럼 흰 꽃 터뜨리겠지

지상의 기차는 지금 막 떠나려 하겠지

아버지와 나 마지막 헤어진 간이역
눈앞에 빙판길
미리 알고
봉황새 울어 주던 그날
거기 그대로 내 어린 날
눈 시리게 서 있겠지

* 한자로 울 명(鳴) 새 봉(鳳) 즉, 새가 운다는 뜻을 가진 광주와 순천 사이
  에 있는 간이역.

수족관에서

물의 나라 주민들은 그냥 숨만 쉬기로 한 것 같다
움켜쥐고 쌓아 올리는 일에는 관심이 없다
배에다 가득히 바다를 채웠다가
바다를 가득히 내뿜으며
할랑할랑 천하를 산다

가끔 비린내 나는 바다의 살점을 씹으려는
낚싯바늘이나
숙련된 칼잡이들의 음모가
움찔움찔 그들을 노릴 때도 있지만

입 하나가 욕망의 전부인
물의 나라 주민들은
흐르는 물에 오래오래 도를 닦아
바다 미륵이 다 된 것 같다

빛나는 물결무늬 온몸에 달고
한가로이 수차(水車)를 돌리며
희희낙락에 당도한다

부부

부부란 여름날 멀찍이 누워 잠을 청하다가도
어둠 속에서 앵 하고 모기 소리가 들리면
순식간에 합세하여 모기를 잡는 사이이다

많이 짜진 연고를 나누어 바르는 사이이다
남편이 턱에 바르고 남은 밥풀만 한 연고를
손끝에 들고 나머지를 어디다 바를까 주저하고 있을 때
아내가 주저 없이 치마를 걷고
배꼽 부근을 내미는 사이이다
그 자리를 문지르며 이달에 사용한
신용카드와 전기세를 함께 떠올리는 사이이다

결혼은 사랑을 무화시키는 긴 과정이지만
결혼한 사랑은 사랑이 아니지만
부부란 어떤 이름으로도 잴 수 없는
백 년이 지나도 남는 암각화처럼
그것이 풍화하는 긴 과정과
그 곁에 가뭇없이 피고 지는 풀꽃 더미를
풍경으로 거느린다

나에게 남은 것이 무엇인가를 생각하다가
네가 쥐고 있는 것을 바라보며
손을 한번 쓸쓸히 쥐었다 펴 보는 사이이다

서로를 묶는 것이 거미줄인지
쇠사슬인지는 알지 못하지만
부부란 서로 묶여 있는 것만은 확실하다고 느끼며
오도 가도 못한 채
죄 없는 어린 새끼들을 유정하게 바라보는
그런 사이이다

흰나비

줄타기에서 모처럼 땅으로 내려온 소녀를
북한강가 누구네 집 여름 별장에서 만났다
엘비라 마디간!* 그녀는 흰나비처럼
포도주 잔 주위로 날아다녔다

속도가 전공인 카레이서가
그녀의 날개를 잡았다
액셀을 힘껏 밟고 달려가 신호도 무시한 채
엄지와 집게손가락으로 쥐더니
얇은 치마를 건드리며 호탕하게 웃었다

그때 일제히 울어 대며 북한강 소쩍새들
"길을 비켜라! 하늘이 타이르는 소리 들어 보아라!"
미당**의 어조도 합쳐서
앞산 뒷산 키 큰 그림자들 에워싸니
그는 슬며시 손가락을 폈다

솔콩솔콩 깊어 가는 여름 별장
포도주 잔 부딪치는 소리 다시 들려올 때

줄타기 소녀는 구겨진 흰 치마를
나풀거리며
북한강 속으로 사라져 갔다

* 막다른 사랑에 쫓기는 동명의 스웨덴 영화 속 주인공.
** 서정주 시인.

얼음 소포

이제는 늙어 버린 오빠가 큰 수술을 앞두고
이역에서 보내온 소포를 푼다

박명의 햇살 속에
파르라니 나신을 드러내는 출토품을
오도도! 떨리는 손으로 건져 올린다

수년 전에 죽은 아버지의 안경이
한쪽 다리를 잃은 채
내 추운 열네 살을 끌고 떠오른다

어느 폭양 어느 해일에도 녹지 않고
오빠의 행낭을 따라 해외 곳곳을 떠돌다가
다시 내 앞에 당도한
누구도 만질 수 없는 눈알
슬픔의 얼음덩이
심장에 와 그대로 박힌다

오늘 빙벽에 큰 법당 짓고
진신 사리 하나 새로 안치시킨다

퍼플 플라이

보석 전시장에서 뜻밖에 파리를 만났다
그는 자수정 속에 우아한 세밀화로 날고 있었다
보석에다 하필 파리를 세공한 이는 누구일까
시커먼 팔다리로 혹시 병균을 옮길지도 모른다는 이유로
그동안 파리를 몹시 차별했던 나는
일순에 편견을 깨 버리는 장인이 굳이 밉지 않았다
유머가 많은 냉소주의자, 그는
병균이라면 파리보다 떠벌이 정치가들이나
안방에 앉은 티브이가 더 많이 옮긴다고 주장하다가
창의력을 주체하지 못하고
자수정에다 파리를 새긴 것은 아닐까
파리는 젊은 날 그 자신인지도 모른다
크리스털 번쩍이는 부르주아의 식탁을 넘보던 마이너리티
여기저기 쏘다니며 뻔뻔하게 침을 바르다가
보기 좋게 쫓겨난 벌거숭이 노숙자인지도 모른다
그가 한 처녀에게 절절한 프러포즈를 하다가
격정을 이기지 못하고
폭 파인 그녀의 보랏빛 계곡 속으로
그만 온몸으로 들어가 박힌 것인지도 모른다

말 많은 노학자

오랜만에 산에서 내려온 노학자는
몹쓸 병에 걸린 것 같다
나이 들면 입은 다물고 지갑을 열라고 하던데
그는 끝도 없이 입만 열었다
아는 것이 많으니 할 말도 많다
풍성한 경험과 지식, 씨앗처럼 단단한 교훈
보기만 해도 탐스런 과육이
틀림없이 우리 몸에 유익하다는 것은 알지만
뜻 없이 더운 날씨와 얇은 호주머니뿐인
젊은 우리들은 어쩔 줄을 모르겠다
우선 곁에서 그의 증세를 견디는 것은 별문제이다
털 나고 철나자 곧 저런 병을 치러야 한다면
그것이 우리를 기다리는 미래의 한 부분이라면
섬뜩하지 않은가
땀 흘려 젊음을 치르고
바보가 되지 않겠다고 피나게 공부를 하고
그리고 막무가내 계절병에 걸려 넘어지는 것이
인간의 길이라면 좀 슬프고 가혹하지 않은가

나의 허니문

허니문이라는 말을 아직도 잘 모르겠다
나의 허니문은 꿀도 달도 아니었다
오히려 좀 쓰고 복잡했다
철커덕! 안으로 닫아 버린 두려운 성에
얼떨결에 두 발을 들여놓은 것 같았다
조금만 세게 다루어도 금세 이가 빠지는 밥그릇들이
저만치서 나를 기다리고 있었다
꿈의 등뼈를 어떻게 세우는 것이 좋을까
처음으로 집을 나온 짐승처럼 표류하기 시작했다
하루만 닦지 않아도 악취를 풍기는
부엌과 화장실이 있는 풍경 속에서
반복은 어떤 무기보다도 쉽게
우리의 사랑을 파괴해 버릴 것이다
그래서 나의 허니문은
멋모르고 꽃 속에 갇혀 버린 꿀벌처럼 버둥거렸다
사람들이 두 눈을 감고 떠난다는
허니문을 나는 두 눈을 크게 뜨고 떠났다
하필 그때 각성의 도끼 하나를 손에 들고
밀월의 꿀통을 사납게 깨뜨리기 시작했다

사각의 링

그때, 뉴욕 7번 지하철을 타고 가다가
백인 남자가 읽고 있는 뉴욕타임스를 곁눈으로 읽다가
날아든 강펀치에 나는 쓰러졌네
사우스코리아 헝그리 복서, 김득구 사망
인간은 고깃덩이가 아니다, 복싱은 스포츠가 아니다
뉴욕타임스는 소리 질렀지만 나는 보았네
네 손에도 내 손에도 끼워져 있는 피 묻은 권투 글러브
링에 올라가 싸우게 해 줘!
적어도 누가 때리는지는 알 수 있잖아
14세에 무작정 상경, 껌팔이구두닦이빵공장을 거쳐 올라선
사각의 링, 패하면 살아 돌아오지 않겠어
아예 관을 짜 가지고 떠났던 스물세 살, 그는
라스베이거스에서 챔피언 맨시니의 주먹에 쓰러졌네
아니야, 그를 쓰러뜨린 건 맨시니의 주먹이 아니었어
너였다구, 나였다니까
링에서 글러브를 낀 채 맞아 죽은 선수가
600명이 넘는다고 활자는 말했지
하지만 이 스릴 넘치는 열광적인 게임을 중지할 생각은
누구에게도 없었지

사우스코리아 헝그리 복서의 시신 위에는
대머리 독재자의 훈장이 수여되고
피 묻은 글러브가 날아다니는 사각의 링은
아직도 인간의 세상 어디에든 있지
물론 오늘 여기에도 있지
이것은 권투 이야기가 아니야
지금 당신이 서 있는 사각(四角)의 링을 보라구
힘이 없는 것은 죽어야 하는 사각(死角)을 보라구
권투는 적어도 누가 무엇이 때리는지는
알 수나 있잖아
그리고 25년 후, 2008년 사우스코리아 청년
최요삼은 권투 글러브를 낀 채
사각, 사각, 사각의 링에서 또 뇌사했네
그리고 2010년 7월 21일 사우스코리아 청년
스물세 살의 프로 복서 배기석은 경기 후 또 뇌사했네

고속도로

시류에 편승하듯 고속도로로 들어선다
이제부터 시작이다
내가 가고 있지만 나의 속도를 갈 수 없다
멈춰 설 수도 돌아설 수도 없이
앞으로 앞으로만 내달려야 한다
이 길을 굳이 야만의 길이라 비난하지는 않겠다
그 대신 운전대에 힘을 주고 나만의 속도를 시도해 본다
하지만 사이와 사이에 끼어
그저 바퀴를 굴릴 수밖에 없다
길이지만 맹목이다
나는 제법 센 날개와 독침을 가졌지만
심지어 꿀을 모으는 일인일기 따위를 떠올려 보지만
무슨 소용인가 쫓기며 쫓는 살기(殺氣)와
속도의 인질일 뿐
가령 하늘에서 내려다보면
혈맥처럼 잘 돌고 있는 이 행렬이
핵보다 쉬이 사람을 쭈그러뜨릴 것도 알 것이다
그사이 개미만 해진 개미 허리에다
자꾸 안전벨트를 조인다
행여 뒤처질까 봐 꼬리에 꼬리를 꽉 물어 본다

4부

사랑 비슷한 사랑

나 처음 시를 쓴다
그동안 몇 권의 시집을 낸 기억이 있지만
오늘 비로소 처음 시인이다

뿔 하나를 등에 지고
모래 위에 비밀 부호 같은 발자국을 찍는
단봉낙타가 태어난다
붉은 혀 넘실거리는 한 사막이 태어난다

부재와 흉작뿐인
아무것도 아닌, 아무것도 아닐
사랑 비슷한 사랑이
오늘 밤 진짜 시를 쓰게 한다

얇은 신음 같은 살얼음을 만든다
가성(假聲)과 유사 상품을 위해
살아 있는 별들을 기꺼이 사해(死海)에다 쏟는다
나는 오늘 밤, 미친 바람으로 도는 풍차이다

지금 장미를 따라
―― 프리다 칼로*의 집에서

유명한 여자의 집은
으깨어진 골반 위에 세워진다

초겨울을 난타하는 카리브 바람 속에
음지식물처럼 소리 없이 절규하는
한 여자의 집

머리핀과 레이스 속옷
입술 자국 아직 선명한 찻잔 사이
가슴 터진 석류가 왈칵 슬픔을 쏟고 있다

이마에 박힌 호색한 남편은 신이요 악마
결혼은 푸른 꽃 만발한 고통의 신전

피 흐르는 자궁을 코르셋으로 묶어 놓고
침대에 누워
그림만 그림만 그리다가
강철같이 찬란한 그림이 된
한 여자의 집

아무것도 없었다
사랑도 광기도 혁명도
무엇으로 쓸어야 이리 없는 것인지
빈 뜰인지

시간이 있을 때 장미를 따라
지금을 즐겨라**
해골들만 몸 비틀며 웃고 있었다

* 멕시코의 여성 화가(1907~1954).
** 카르페 디엠.

불의 시간

한밤중 산발한 머리채로
거울 속으로 걸어 들어간다
도마뱀들이여 꼬리들이여 사라지거라
검은 머리 파들파들 잘라 버린다

벼랑 끝 나뭇가지에
뜻 없이 펄럭이는 바람의 혓바닥들
스스로 상처를 내며 자승자박으로 지은
거미들의 누옥(漏屋)에
줄줄이 비가 새는 처연한 문장들
열 손가락 앙상히 세워 걷어 내 버린다

굳은 쇠로 입 벌린 채
허공에 매달린 범종을
불덩이로 때린다

돌연히 거울 속에 알몸을 들이민다
씨앗이며 소멸인 종소리가
핏자국을 튀기며 퍼져 나간다

너를 보내고

너를 보내고 너를 품에 안는다
이 가련한 기억의 누더기를
눈먼 새도 돌보지 않는
마른 나이 위에 걸친다

햇빛 잘 쬐어
색 바래면
적멸보궁 가는 길에
징검다리로나 쓰거라

열 손톱에 불을 켜고
기다렸던 사랑
아는가, 처음부터 회오리 광풍
빈 하늘을 쪼개는
짧고 뜨거운 한 문장을

너를 보내고 너를 품에 안는다
아무도 읽지 않은
묘비명 위에
흰 눈이 신음처럼 덮일 것이다

어머니의 시

어머니의 위대함은 가엾음에 있다
이 시의 첫 줄을 써 놓고
한 시절을 보내고
이제 이렇게 풀어 나간다

어머니는 나처럼 시를 쓰지 못해
천둥과 번개를 침묵으로 만들어
목구멍 깊숙이 밀어 넣고 살았다

그. 리. 고.
고층 아파트에서 혼자 죽었다

한 남자가 짐승처럼 등을 구부리고
관을 지고 내려왔다
술 냄새 짙게 풍기며 고꾸라질 듯
층계를 내려오는
어머니의 죽음보다
더 슬픈 등

그 무량겁(無量劫)의 곡선을 내려오는 동안
나는 생애의 울음을 멈추어 버렸다

비로소 신의 손을 잡을 일밖에 없는
마지막 낮은 인간의 등

어머니는 나처럼 시를 쓰지 못해
시 대신 보여 준 끝 장면은 이것이었다

나의 시집은 약상자*
— 지진의 잔해 속에서 살아난 소녀에게

어린 날 땅에 넘어져 깨진 무릎으로
패잔병처럼 집에 돌아오면
어머니가 꺼내 오던 약상자
거기 꽃잎처럼 붉은 약 바르면
따가운 해는 지고 솔솔 잠이 왔듯이

물안개 젖은 손이 숲을 키우고
그 숲에 사는 나무와 새들이
더위와 추위를 콕콕 쪼아 먹어
제 몸만 한 크기로 푸른 하늘을 펼치듯이

나의 시집이 꽃잎처럼 신비한 약상자였으면
나의 노래가 상처를 호호 불어 주는 입술이었으면

괴물처럼 덮쳐 버린 지진 속에서
사흘을 굶고 찢긴 살로 일어선 소녀야!

어떤 시로 후후 너를 감아 줄까
떨리는 손으로 시집을 뒤적이네

시는 치유의 붕대가 아니고
시는 상처를 감아 주는 잠언이 아니라** 했지만
오늘은 네가 만든 기적을 받아 적으려고
눈물 묻은 만년필을 꺼내 드네

*시 치료사 샤우플러의 시 제목.
**미국 시인 에이드리언 리치.

염소와의 식사

뼈에 구멍이 생기도록 시를 써서
변두리 주점 주모가
새로 찍은 명함을 뿌리듯이 뿌리고 나니
계절이 제 발로 걸어와 곁에 눕는다
그래도 오늘은 내 생일! 몇 번째던가
그런 건 세어서 무얼 해
생일 선물로 젊은 시인이 염소 한 마리를 보내왔다

염소는 내가 악수를 청하면
꽥꽥 우는 사나운 종자
죽는 날까지 사랑한다던 사람들 다 떠나고
강남역 대로변에서 수출 길이 막혀 원가 이하로 판다는
염소 한 마리 끌려와 나와 식사를 한다

나 혼자 밥을 먹는다, 생일날
아니, 꽥꽥 우는 염소와 밥을 먹는다
나는 아직도 속이 울렁거린다
감히 어느 사랑이 지나갔는지 곧 아이를 낳을 것 같다
내가 낳을 아이는 폐허의 자식

폐허에다 폐허를 낳는 것은
하늘 아래 아득한 지평선 하나를 펼치는 일이다
이것을 지상에서는 슬픔이라 부르는가
생일날, 염소와 단둘이 밥을 먹는다

슬픈 몸

불 속에서 짐승의 눈알을 보고
돌 속에서 숨 쉬는 사내를 꺼낸 적도 있지만
정작 내 몸은 내가 몰라
오늘은 나약하고 가련한 원숭이가 된다
내 몸을 읽어 달라! 종합병원 기계 앞에 나를 벗는다
밟을수록 깊게 파이는 시간이라는 늪지에 사는
나는 절지동물
절뚝이며 절뚝이며
신에게 보여 드리듯 몸을 열어 보인다
오늘은 기계가 나의 신이다
정밀하게 숫자로 드러나는 죄의 지문들
살덩이의 세밀화
사랑의 불이 켜 있는 동안
신도 이물질 따위를 잠복시키지 못하리라 믿어 보지만
그것을 보장할 아무런 권리도 없다
오직 육체 가진 자의 치명적인 슬픔으로
기계 앞에 숨김없이 나를 벗는다
암술 수술 씨방과 꽃잎을
한 잎 한 잎 낱낱이 젖힌다

요즘 뭐하세요

누구나 다니는 길을 다니고
부자들보다 더 많이 돈을 생각하고 있어요
살아 있는데 살아 있지 않아요
헌 옷을 입고
몸만 끌고 다닙니다
화를 내며 생을 소모하고 있답니다
몇 가지 물건을 갖추기 위해
실은 많은 것을 빼앗기고 있어요
충혈된 눈알로
터무니없이 좌우를 살피며
가도 가도 아는 길을 가고 있어요

노시인

시인은 홀로 있지만 시는 홀로 있지 않다*는데
가로수 사이로
시인들이 우르르 마른 잎처럼 떠도는 가을날
홀연 내 성이 바뀌었음을 본다
새로 나온 잡지 하나가
나를 노시인이라 호명하고 있다
내가 문(文)시인인 줄 알았더니
노시인이란다

언어로 표현할 수 없는 세계를 그리는 것이
시의 목표였고
정해진 위대한 실패를 향해 가는 길이
시인의 길이었다면
결국 나는 노(NO)시인이다

살은 늘 타올랐고 피는 거꾸로 흘렀으며
뼈는 노(櫓)처럼 삐걱거렸을 뿐이다
침묵을 저어 저어
포말 같은 한 송이 별을 깨우고

끝없이 질문을 던지며
떠도는 향기
나는 손으로 잡을 수 없는 메아리일 뿐이다

나도 시도 홀로 있는
숫처녀 같은 가을날 오후

*프랑스의 시인 미셸 드기.

모엘

작은 새처럼 파득이는 항구
음유시인의 비망록처럼 긴 해안선을 따라가면

거기 T자 한 글자쯤이 꺼져 버려
깃털같이 가벼워진 숙소
모엘(MO EL)이 있으리

흰 파도를 솜이불처럼 내려놓고
조용히 사그라져 가는 폐항
모텔이 아니어서 좋은 곳

무언가 하나를 빼 버리면
이리도 부드러운 생의 하룻밤이 떠돌고 있으리

모엘! 모스부호처럼 신비한 추상어
그 곁에서 하모니카를 부는 겨울 바다를 바라보며
나의 스산함은 밤새 적설을 쓰다듬으리
끝내는 울부짖는 고래 소리를 내리

절벽 사원처럼
성긴 눈발을 고스란히 받아들이며
모엘! 모엘!
무슨 성가처럼 깜박거리리

암소

정육점 붉은 진열장 안
쇠갈고리에 앙상한 뼈째로
걸려 있는 암소

살은 부위별로
벌써 다 저며 내고

이제 끓는 물에
뼈를 우릴 차례

어머니!
나도 몰래
그 이름을 부른다

창녀와 천사

나 요즘 창녀에 실패하고 있는 것 같다
천사이며 창녀인 눈부신 시인이 되고 싶었지만
어느 때 치마를 벗을지를 몰라
어느 벌판 어느 강줄기를 따라가야
술집과 벼락이 있는 줄을 몰라
여름날 동안 누가 주인인지를 몰라
문밖에서 홀로 서성이고 말았다

폭풍을 먹어 치우고 구름 속에
자수정 눈물을 흘리는 천사도 아니었다
별들이 내려와 어깨를 어루만지면
부드러운 굴절광 하나를 낳고 싶었지만
쥐라기 시대 파충류 같은 신비한 시구 하나를
허공에다 점점이 키우고 싶었지만

밤낮 짐승의 몸으로 쫓기며
진눈깨비처럼 빈 들에서 울다가
제자리에 현기증처럼 스러질 뿐이었다

물방울

만국기 펄럭이는 가을 운동장
어린 날의 수돗가에서
한 남자아이가 내 얼굴에 뿌리고 간
차가운 물방울

플라타너스 푸른 숨결로
내뿜던 고백
처음으로 H_2O가 아니었던
무지개의 재료

그 속에 상아 건반이 있었는지
포롱포롱 피어나던
피아노 소리

하늘 아래 가장 맑고
투명한 프러포즈
소스라치게 나를 놀래킨
첫 물방울 세례

반지 만들어 오래 끼고 싶은
단 하나의 보석 알

오십 세

나이 오십은 콩떡이다
말랑하고 구수하고 정겹지만
누구도 선뜻 손을 내밀지 않는
화려한 뷔페상 위의 콩떡이다
오늘 아침 눈을 떠 보니 글쎄 내가 콩떡이 되어 있다
하지만 내 죄는 아니다
나는 가만히 있었는데 시간은 안 가고 나이만 왔다
앙큼한 도둑에게 큰 것 하날 잃은 것 같다
하여간 텅 빈 이 평야에
이제 무슨 씨를 뿌릴 것인가
진종일 돌아다녀도 개들조차 슬슬 피해 가는
이것은 나이가 아니라 초가을이다
잘하면 곁에는 부모도 있고 자식도 있어
가장 완벽한 나이라고 어떤 이는 말하지만
꽃병에는 가쁜 숨을 할딱이며
반쯤 상처 입은 꽃 몇 송이 꽂혀 있다
두려울 건 없지만 쓸쓸한 배경이다

사랑 보험

남산 터널을 빠져나왔을 때
순간에 내 차를 들이받고 공포에 떨고 있는 퀵서비스를
그냥 보내 주었듯이
그렇게 너를 보내 줄 수는 없을까 몰라
보험회사에 전화를 걸어 전조등을 갈아 끼우고
부러진 등뼈를 펴고
내상을 혼자 수리할 수는 없을까 몰라

물방울 뚝뚝 떨어지는 몸으로
바다에서 솟아올라
심장 깊숙이 돌진해 온 돌고래를
바다로 고스란히 돌려보낼 수는 없을까 몰라

휘청하니 생명을 뒤흔든 접촉 사고
꽃송이처럼 생생한 바큇자국들
얼마나 긴 시간을 으깨어야 지울 수 있을까 몰라
어느 보험회사에 전화를 걸어야 할까 몰라

간지럼

수술 들어가기 전 마지막 준비로
아래 털을 깎이었다
치욕과 공포가 절벽 아래로 사각사각 떨어졌다
깊은 계곡 털 언저리를 면도날이 스쳐 갈 때
이 무슨 일인가 가랑비 살랑거리는
이 참을 수 없는 간지럼은
나비가 긴 수염으로 은밀히 씨방 주변을 더듬을 때처럼
히히잉 뱀처럼 꿈틀거린다
터지는 웃음을 밀어 넣느라 용을 쓰는
기이한 변태
면도날 쥔 간호사의 흰 눈 속으로 떠오르는
생생한 실존의 그로테스크
모르겠다, 정말 모르겠다 인생!
모르면 어때!
나 수술실로 그냥 빨려 들어갔다

나 떠난 후에도

나 떠난 후에도 저 술들은 남아
사람들을 흥분시키고
사람들을 서서히 죽이겠지

나 떠난 후에도 사람들은 술에 취해
몸은 땅에 가장 가까이 닿고
마음은 하늘에 가장 가까이 닿아
허공 속을 몽롱하게 출렁이겠지

혀끝에 타오르는 불로
아무렇게나 사랑을 고백하고
술 깨고 난 후의 쓸쓸함으로
시를 쓰겠지

나 떠난 후에도
꿈 같은 죄와 악마들은 남아
거리를 비틀거리며
오늘 나처럼 슬프게 돌아다니겠지
누군가 또 떠나겠지

새 옷 입는 법

새로 핀 꽃에서 어머니를 만나네
나에게는 어린아이가 많다네
꽃들이 옷 입는 법을
새로 가르쳐 주면
새 옷 입고 사운사운 시를 쓰겠네

이 도시가 악어들의 이빨로 가득해도
이만하면 살 만하다네
우리는 모두 고향을 버리고 온 새
그래도 혼자가 아니라네
아침이 또 찾아왔잖아
새 길이 내 앞에 누워 있잖아
고통과 쓸쓸함이 따라다니지만
부드러운 비가 어깨를 감싸 주는 날도 있지
새로 또 꽃은 피어
눈부시게 옷 입는 법을 가르쳐 주고
새들은 풀잎 같은 혀로 시 짓는 법을 들려주네
나무들은 몸으로 춤을 보여 주네

아무래도 나는 사랑을 앓고 있는 것 같네
악어들이 검은 입을 벌린 이 도시
왜 자꾸 새 옷을 차려입고 싶은지
왜 자꾸 사운사운 시를 짓고 싶은지

현재 한가운데로의 여행

김인환(문학평론가 · 고려대 국문과 교수)

『다산의 처녀』는 문정희 시인의 열한 번째 시집이다. 이 시집의 제목은 처녀 엄마인 성모 마리아를 연상하게 한다. 처녀는 순수성을 대표하고 엄마는 생산성을 대표한다. 시인은 순수성과 생산성을 가지고 있는 사람이다. 그녀에게는 이 열한 권의 시집 이외에 또 장시 『아우내의 새』와 시극 『구운몽』이 더 있다. 시인이 시로 쓴 시론이라고 할 만큼 시에 대한 시가 많은 것이 이번 시집의 특징이다. 그녀의 오랜 시력을 추적하여 단계를 나누고 시기별 특색을 규정하는 것은 나의 능력의 한계를 넘는 작업이다. 그러나 시인의 시적 여정이 몇 개의 단계로 구분된다 하더라도 한 시인의 시에 일관되게 나타나는 보편적인 색조는 있게 마련이다.

문정희의 시는 어느 것이나 작은 연극으로 구성되어 있다. 한편에는 무대가 있고 다른 한편에는 객석이 있다. 비어 있는 무대에 대체로 시인과 비슷하지만 동일하다고 보기는 어려운 한 인물이 등장한다. 그 인물이 누구인가 하는 것은 중요하지 않다. 중요한 것은 그 인물이 관객에게 연기로 보여 주는 행동이다. 눈 내리는 겨울 저녁 작은 폐항의 숙소에서 생의 하룻밤을 보내는 여자가 있다. 그 숙소에는 글자가 하나 빠져서 '모엘'이 된 네온 간판이 깜박거린다. 그 빠진 글자 하나 때문에 여자에게 숙소는 깃털처럼 가벼워지고 성긴 눈발을 받고 있는 절벽 사원이 되어 "모엘! 모엘!" 하고 성가를 노래한다. 「모엘」이란 시는 문법을 지키는 것보다 문법에서 벗어나는 것이 더 편안하고 시민의 가치를 따르는 것보다 시민의 가치에 구멍을 내는 것이 더 재미있는 시인의 특질을 말해 준다. 시인의 가치와 시민의 가치는 조금 다른데 그 조금이 시를 시답게 한다. 시인에게 시민적 가치를 강요하는 것은 시인을 파멸시키는 것이다. "빈 하늘을 쪼개는/ 짧고 뜨거운 한 문장"(「너를 보내고」)을 얻기 위해 시인은 불덩이가 되어 "굳은 쇠로 입 벌린 채/ 허공에 매달린 범종"(「불의 시간」)을 온몸으로 때린다. 그러나 시의 재료는 가련한 기억의 누더기들에 지나지 않고 시 또한 흰 눈이 신음하며 덮이는 묘비명에 지나지 않는다.

　　문정희의 시는 많은 부분을 불교적 상상력에 빚지고 있

지만 그녀가 찾는 절집은 늘 불상이 봉안되어 있지 않은 텅 빈 법당이다. 우리는 그것을 적멸궁(寂滅宮)이라고 한다. 문정희는 부처님에 대해 말하지 않고 하찮은 것들 속에 머물러 하찮은 것들에 대해 말하지만 그녀의 시에서 한 방울의 물, 한 조각의 조개껍데기, 한 올의 머리카락은 모두 보석처럼 찬란하게 빛난다. 그녀는 "손에 쥐면 그만 사라져 버리는/ 이름 하나를/ 눈송이처럼 머물다가 소멸해 버리는 색(色) 하나를"(「이름」) 움켜잡으려 하고 그것들 속에서 꽃처럼 자연스러운 구도를 찾아내려 한다.

「먹이에 대하여」라는 시에는 호랑나비를 나르는 개미들이 패전국의 왕녀를 운구하는 병사들에 비유되어 있다. 시인은 전쟁터에서 돌아오다 그 운구 행렬을 보게 된 거인으로 시에 등장한다. 병사들은 왕녀의 아름다움이 훼손되지 않도록 일사불란하게 움직인다. 시인은 모래바람 속에 목숨을 던져 전쟁을 치르고 빛나는 전리품을 메고 돌아오는 행렬을 머릿속에 그려 보면서 "태초부터 삶은 먹이를 위한 것이 아니라 아름다움을 쟁취하기 위한 것이 아니었을까"라는 질문을 자신에게 던져 본다. 아름다운 헬레나를 쟁취하기 위한 고대의 전쟁에 비교하면 석유를 쟁취하기 위한 현대의 전쟁은 너무나 천박하다.

뉴욕 지하철 안에서 헝그리 복서 김득구의 사망 소식을 곁눈으로 읽고서 권투는 적어도 누가 왜 때리는지를 알 수나 있지만 대머리 독재자가 다스리는 사각(四角)의 링은 피

묻은 글러브가 날아다니고 "힘이 없는 것은 죽어야 하는"(「사각의 링」) 점에서 권투 경기장과 같지만 시민들이 이유도 모르고 뇌사당한다는 점에서는 더욱 잔인한 사각(死角)의 링이다. 문정희는 무등을 오르듯 운디드 니로 들어선다.

> 녹슨 종루에서
> 절규하듯 종소리 하늘로 퍼져 나갈 때
> 검은 까마귀들
> 공포를 물고 날아오르던 날
> 천만 개의 슬픔이
> 우박처럼 쏟아지던 곳 운디드 니
>
> ―「상처 입은 무릎」에서

공포의 까마귀들은 땅에서 하늘로 날아오르고 슬픔의 우박은 하늘에서 땅으로 떨어져 내린다. 공포와 슬픔은 서로 만나 종소리가 되어 학살의 역사를 우주에 증언한다. 역사의 전율은 예술파 문정희를 잠시 현실파로 돌아서게 하였다. 지금도 그녀에게 광주는 아마 역사의 원죄로 남아 있을 것이다. 그러나 광주 이후 20년 마케팅 사회의 시장형 인간들이 군부독재에 못지않은 횡포를 자행하는 시대가 되었다. 문정희는 「요즘 뭐하세요」라는 시에서 일체의 시적 장치를 다 제거하고 산문의 한 토막을 날것 그대로 기록하여 폐허가 된 시대를 보여 준다. 행을 나누지 않은 채 그

시를 문장 단위로 읽어도 강력한 부정의 힘이 그대로 전달된다. "누구나 다니는 길을 다니고/ 부자들보다 더 많이 돈을 생각하고 있어요", "살아 있는데 살아 있지 않아요", "헌 옷을 입고/ 몸만 끌고 다닙니다", "화를 내며 생을 소모하고 있답니다", "충혈된 눈알로/ 터무니없이 좌우를 살피며/ 가도 가도 아는 길을 가고 있어요".

   마케팅 사회의 시장형 인간들을 피하기 위하여 그녀는 순례의 모험을 감행한다. 낯선 곳, 모르는 곳이 있다는 것은 그녀를 활기 있게 한다. 편력이 그녀의 시에 생기를 불어넣어 준다. 장소들의 독자성과 고유성이 저 상투적인 영속성에서 그녀를 구원해 낸다. 매 순간 그녀를 이방인으로 만드는 환경 전환은 두려운 것이지만 그 불안이 그녀가 잃어버렸던 무엇인지를 그녀에게 되돌려 준다. 현재를 벗어나는 것, 언제나 다른 곳에 있으려고 하는 것은 인간 본연의 보편적 욕망이다. 구체적으로 거명된 나라와 도시들만 해도 멕시코, 인도, 터키, 마케도니아, 아바나, 뉴욕, 발리, 프라하, 하코네 등이 시집에 나온다. 이름을 말하지 않은 사막에서 시인은 "황금빛 뼈와 날카로운 가시만 남은"(「떠돌이 풀」) 빈집으로 혼신을 다해 떠도는 텀블링플랜트가 떠돌이 고행자의 경전을 쓰고 있는 것을 본다. 그녀는 '본다'고 말하지 않고 '보고 말았다'고 말한다. 스무 줄의 이 시에서 부각되는 하나의 단어가 '보고 말았다'라는 동사이다. 여기서 '말았다'는 전과거(前過去)를 나타내는 데 그치는 것이 아니라 어쩔 수 없다는 발견과 체념, 다시 말하면 더 이상은 도망치지 못하겠으니 고만 운명을 받아들이겠다는 항복의 선언이 엮어 매고 있는 전생과 후생까지 포함하는 것이다. 다른 것이 되고 싶다는 욕망과 다른 곳에 있고 싶다는 욕망은 시의 원천이지만 이 거대한 굶주림을 풀어 줄 수 있는 것은 우연밖에 없다. 시는 우연의 세계이고 동시에 우연이 필연이 되는 세계이다. 사랑이 우연을 필연으로 만든다. 시를 쓰는 것은 사랑이라는 꿈에 의해서만 존재하는 그 무엇을 기록하는 것이다. 몇 닢의 지폐로 왕이 된 발리의 관광객들은 시 한 줄에 매여 생애를 탕진하는 사람의 마음을 모른다. 작은 공 하나가 제 구멍을 비켜 간 것을 못내 아쉬워할 뿐이다. 돈독이 시퍼런 서울을 떠나 이념의 독에 찌든 아바나에 당도해서 그녀는 차라리 혁명을 구걸하고 싶어 한다. 돈을 구걸하는 것보다 혁명을 구걸하는 것이 더 당당할 것 같기도 하다. 게바라는 시를 산 사람이 아니었던가? 이곳에서나 저곳에서나 "목숨은 내것이고 이것은 짧다는 것뿐"(「독」) 변한 것은 아무것도 없다.

　　햇살 속에 바퀴가 있다
　　햇살이 있는 곳은 어디든 길이다
　　나는 그것을 인도에 와서 알았다
　　해골을 뜯어먹고 산 탓인지
　　까마귀들이 친인척처럼 달려들었다

매캐한 연기와 연기(緣起)의 카오스를
심해어처럼 꿰어 다녔다

여기서 내가 할 일은 오직 길을 잃는 일뿐이다
나는 홀로 유파(流派)이다
길 하나를 만들며 맨발로 걷고 또 걷는다

죽은 아내가 그리워 무굴의 왕이 지었다는
찬란한 보석 무덤을 향해 자무나 강가로 떠나는 날
나는 홀연 차에서 내렸다
이번 생이 아니면 다음 생이라도
사랑하는 이를 만나면 그때 함께 가리라
내 몸에도 바퀴가 있으니
시공을 넘어 무한에 닿으리라

사랑이여, 그때 나는 어디에 있을까
그것을 다만 모를 뿐이다

　　　　　　　　　　　　　　　　—「여행길」

　「여행길」은 한국 현대 불교 시의 가장 높은 순간을 엿볼
수 있게 하는 시이다. 태양을 불교에서는 일륜(日輪)이라고
한다. 햇살이 있는 곳은 일륜이 굴러갈 수 있는 곳이니 어
디든 길이 된다. 화장장의 연기가 인연의 연기와 뒤얽혀 있

는 혼돈 속으로 길 하나 만들며 혼자 걷는다. 길을 잃은 자만이 길을 만들 수 있다. "길을 알고 가는 이 아무도 없는 길/ 길을 잃은 자만이 찾을 수 있는/ 그 길"(「내가 화살이라면」)을 걸으며 아무리 외롭더라도 시인은 함께 가는 길을 다음 생으로 넘기려 한다. 수많은 사랑을 거치고 나서도 그녀는 영혼의 바닥까지 만져 줄 수 있는 사람을 아직 만나지 못했다고 한탄한다. 사랑은 무지와 부재를 이겨 내고 내 안에 나를 태어나게 하는 힘이기 때문이다. 사랑하는 것, 사랑한다는 인식을 가지는 것은 한 세계를 창조하는 것이다. 모든 인식은 시선의 교환에 의존한다. 내가 보는 것은 다른 사람이 본 것을 듣는 것이고 사랑의 발견물들을 서로 교환하는 것이다. 두 눈길은 서로 교차하면서 빛을 주고받는다. 사랑은 단순한 관계가 아니라 세계를 이해하고 통일하고 창조하는 원리이다. 그녀는 자신의 몸 안에서 인연의 수레바퀴가 구르고 있으니 사랑하는 사람을 만나고자 하는 이 간절한 원도 내생의 어디선가는 이루어지리라고 희망한다. 그녀는 사랑하기에는 한 번의 생으로 충분하지 않다고 믿는다. 그녀는 그녀 자신에 매혹되어 혼자임을 자랑하기도 하고 한탄하기도 하지만 그녀는 관심의 방향을 자아 쪽으로 돌려놓지 않는다. 여행은 그녀에게 자기 속에 갇히지 않으려는 투쟁이라고 할 수 있다. 그녀는 언제나 자신의 영혼을 있는 그대로 열어 보이고 영혼을 밖으로 다른 사람에게로 향하게 한다. 그녀에게는 자신을 인식하는 것과 자기 아닌 것을 포착하는 것이 하나가 된다. 그녀는 자기로부터 빠져나와서 다른 것/사람과 하나가 되는 순간에만 자기의식을 풍요롭게 체험한다.

> 일찍이 광기와 불운을 사랑한 죄로
> 나 시인이 되었지만
> 내가 당도해야 할 허공은 어디인가
> 허공을 뚫어 문 하나를 내고 싶다
> 어느 곳도 완벽한 곳은 없었지만
> 문이 없는 곳 또한 없었다
> 사람, 너는 누구냐
> 나의 사랑, 나의 사막이여
>
> ──「사람에게」에서

사랑은 사막의 길, 즉 길 없는 길이다. 아무리 길을 내어 놓아도 하룻밤 자고 나면 바람이 모래로 길을 덮어 버린다. 매일 새롭게 길을 만들지 않으면 갈 수 없는 길이 사랑의 길이다. 사랑은 항상 자신을 쇄신하며 무게와 부피와 깊이를 변화시킨다. 길 잃음과 길 만듦은 그녀의 사유와 존재가 그 주변에 배치되어 빛나는 절정을 형성하는 초점이다. 길 잃음은 흥분과 불안과 번민을 일으킨다. 그것은 더 나아가서 신경의 출혈을 일으킨다. 영혼의 출혈이 고뇌가 메아리치는 보편적 개성을 창조한다. 우리는 그녀의 시에 등

장하는 그녀의 '나'가 보편적 나임을 감지할 수 있다. 어떤
공허, 어떤 결여, 어떤 결함이 결핍을 채우려는 욕망의 필
연성을 만들어 낸다. 꿈이 그녀의 몸을 씻어 날마다 새롭
게 태어날 수 있게 한다.

아, 모르겠다! 이럴 때
꽃이 질 때

라는 충격적인 결말로 끝나는 「꽃이 질 때」는 똑같이 충격
적인 서두로 시작한다.

사내들은 이럴 때 사창가를 어슬렁거리나 보다
아무하고도 자고 싶지는 않지만
아무도 모르는 곳에 눕고 싶을 때가 있다

사창가의 문 앞에 홍등이 켜지면 마녀들의 축제에 참
가하고 싶어 몸이 달아 보지 않은 남자는 없을 것이다. 문
정희는 모름을 당당하게 내세운 최초의 여자이고 사창가
를 찾는 남자의 마음을 제대로 읽은 최초의 여자이다. 어
떻게 그럴 수 있는가? 그녀가 고독의 끝까지 가 보았기 때
문이다. 「염소와의 식사」가 사실인지 우화인지를 나는 모른
다. 사실이라고 하더라도 사실의 기록이 그대로 유머 넘치
는 시가 된다. 생일 선물로 젊은 시인이 염소 한 마리를 보

내왔다. 수출 길이 막혀 강남역 대로변에서 원가 이하로 판다는 염소라고 했다. 한 여자가 생일날 염소와 단둘이 밥을 먹는 공간을 가득 채우는 것은 슬픔과 고독으로 만들어진 폐허의 아우라다. 시인은 슬픔을 하늘 아래 아득하게 펼쳐지는 지평선에 비유한다. "어느 사랑이 지나갔는지 곧 아이를 낳을 것 같다/ 내가 낳을 아이는 폐허의 자식".

고독과 슬픔 속에 추억이 얼굴을 내민다. 기억과 관련된 가장 놀라운 현상은 그것의 다수성이다. 단일한 기억이란 존재하지 않는다. 하나의 기억은 마술 램프처럼 다음 기억에 의하여 가려진다. 추억은 다른 추억을 부르고 그것은 또 다른 추억을 불러낸다. 추억들은 서로 물들이고 물들여지면서 타오르는 불꽃처럼 나선형을 그리며 상승한다. 문정희의 시는 감정과 사유로 만들어지기 전에 먼저 색채와 소리로 만들어진다. 만국기 펄럭이는 가을 운동장 옆 수돗가에서 한 남자아이가 그녀의 얼굴에 뿌리고 간 물방울이 번개처럼 매우 빨리 나타난다. 그 물방울은 조수처럼 한꺼번에 밀려와 그녀를 숨 가쁘게 만든다. 그것은 그녀에게 "반지 만들어 오래 끼고 싶은/ 단 하나의 보석 알"(「물방울」)이다. 오빠의 행랑을 따라 해외를 떠돌다가 추운 열네 살을 끌고 돌아온 한쪽 다리 잃은 아버지의 안경이 그녀의 법당에 진신 사리로 안치된다. 그것은 "슬픔의 얼음 덩이"(「얼음 소포」)가 된다. 아버지와 마지막 헤어진 명봉역이 어린 날 그대로 눈부시게 서 있다. 하코네에 가서 사냥

총을 메고 서 있는 아버지를 만난다. 비행기를 타고 와 또 하나의 깊은 강을 건너야 갈 수 있는 일본처럼 아버지도 하나의 암호이다. "앨범 속의 그는 영원한 유민이다"(「새벽 비」). 살은 부위별로 다 져며지고 끓는 물에 우려낼 뼈만 앙상한 암소에서 그녀는 어머니를 본다. 그 어머니는 고층 아파트에서 혼자 이승을 떴다. 그녀는 어머니의 죽음이나 자신의 슬픔을 말하지 않고 관을 지고 내려오는 남자의 등을 이야기한다. 그것은 일부러 딴 것을 말한 것이 아니라 우리 모두가 죽기 전에 이르는 가장 낮은 자리를 말한 것이다. "신의 손을 잡을 일밖에 없는/ 마지막 낮은 인간의 등"(「어머니의 시」)을 따라 내려오는 동안 그녀는 "생애의 울음을 멈추어 버렸다". 오빠가 이역에서 큰 수술을 받았고 그녀 또한 "육체 가진 자의 치명적인 슬픔"(「슬픈 몸」)을 겪었다. 남편에 대하여 노래하는 두 편의 시 「비극 배우처럼」과 「부부」는 그녀의 시로서는 드물게 유머를 기조로 하고 있다.

인생은 짧고 결혼은 왜 이리 긴가
가도 가도 벌판
허공은 또 왜 이리 많은가

새들아 대신 울어 다오
나 깊은 울음 더 퍼내기 싫어

앙상한 광채로 흔들리는 갈대들아

하늘 향해 미친 손을 휘저어 다오

　　　　　　　　　　　──「비극 배우처럼」에서

　이 시의 앞부분은 맥베스의 독백을 패러디한 것이다. "내일도 내일도 내일도, 지루한 걸음으로 하루하루 기어간다. 기록된 시간의 마지막 음절까지, 우리의 모든 어젯날들은 바보들에게 흙먼지 죽음으로 가는 길을 비춰 주었다. 꺼라, 꺼라, 짧은 촛불을 꺼라. 인생은 걸어가는 그림자에 지나지 않는다. 초라한 배우가 무대 위에서 한때 뛰뚝거리다 사라지면 다시는 소식도 없다. 인생은 바보가 지껄이는 이야기, 소란과 분노가 가득 차 있지만 의미는 아무것도 없다." '검은 눈화장이 조금 흘러내린 포즈로'라는 부제가 보여 주듯이 과장된 포즈가 관객의 웃음을 불러 일으킨다. 「부부」 역시 서정주의 「무등을 보며」를 패러디한 시이다.

　　청산이 그 무릎 아래 지란(芝蘭)을 기르듯

　　우리는 우리 새끼들을 기를 수밖엔 없다

　　목숨이 가다 가다 농울쳐 휘여드는

　　오후의 때가 오거든

　　내외들이여 그대들도

　　더러는 앉고

　　더러는 차라리 그 곁에 누워라

지어미는 지애비를 물끄러미 우러러보고
지애비는 지어미의 이마라도 짚어라

어느 가시덤불 쑥구렁에 놓일지라도
우리는 늘 옥돌같이 호젓이 묻혔다고 생각할 일이요
청태(靑苔)라도 자욱이 끼일 일인 것이다

— 서정주, 「무등을 보며」

　「부부」에서는 이끼 대신에 암각화가 나온다. 암각화가
풍화하는 과정은 사랑이 무화하는 과정에 비유되는데 암
각화가 풍경으로 거느리는 풀꽃 더미들 때문에 풍화와 무
화의 과정은 아름답게 그려져 있다. 「무등을 보며」의 앞부
분에 나오는 새끼들이 「부부」에서는 뒷부분에 나온다. 이
부부는 "서로를 묶는 것이 거미줄인지/ 쇠사슬인지는 알
지 못하지만/ 부부란 서로 묶여 있는 것만은 확실하다고
느끼며/ 오도 가도 못한 채/ 죄 없는 어린 새끼들을 유정
하게" 바라본다. 아내는 남편을 우러러보고 남편은 아내
의 이마를 짚어 주는 「무등을 보며」의 심정과 부부는 자다
가 일어나 합세하여 모기를 잡고 남편의 턱에 바르고 남은
연고를 아내의 배에 바른 후에 함께 연고 바른 자리를 문
지르며 그 달에 쓴 신용카드비를 계산하는 행동과 부부로
바뀌었다.

나에게 남은 것이 무엇인가를 생각하다가

네가 쥐고 있는 것을 바라보며

손을 한번 쓸쓸히 쥐었다 펴 보는 사이이다

—「부부」에서

　문정희의 시에 등장하는 부부가 서정주의 시에 등장하는 부부보다 재미있는 사람들이기는 하지만 결국 두 시에 나오는 부부들은 동일한 종류의 사람들이다. 이 두 시를 비교해 보면 시가 변한다는 것이 역사가 변하는 것만큼이나 어려운 것이라는 사실을 인정하지 않을 수 없다. 심지어 동성의 부부들도 이런 사이로 묘사될 수밖에 없을 것 같은 생각이 들기도 한다. 과거처럼 미래에도 "꿀 같은 죄와 악마들은 남아"(「나 떠난 후에도」) 슬프게 돌아다니다 술에 취해 아무렇게나 사랑을 고백하고 술 깨고 난 후의 쓸쓸함으로 시를 쓸 것이다. 문정희는 남편보다 더 오래 시하고 살았다. 그녀는 의자하고 살았다고 말한다. 시는 의자의 갈비뼈에서 태어난 의자의 짝이라고 말한다. 그녀는 "엉덩이를 의자에 내려놓을 때가/ 어떤 사내와의 포옹보다 편안했음을 고백한다"(「나의 의자」). 그렇다면 의자의 갈비뼈로 시를 만들어 내는 시인은 신이다. 오래전에 「사람의 가을」에서 문정희는 "내가 가진 모든 언어로 나의 신은 나입니다"라고 선언했다. 그런데 웬일인지 아직도 그녀는 "건너편 망고나무하고 결혼했다"(「살아 있는 여신」)고 하는 네팔의 리빙 가디스를 부러워한다. 상처가 너무 많아서이리라. 상처 없는 시가 없고 상처 없는 나무가 없다. "상처는 그 자체로 참혹하고 아름다운 생명"(「식물원 주인」)이다. 내면에 폐허를 지니고 있기 때문에 그녀는 여신이 되지 못하고 시인이 되었다. 그녀는 "다리미가 뜨거워지기를 기다리는 동안 책을 읽고/ 찌개가 끓는 동안 글을"(「독수리의 시」) 썼다.

> 나는 알고 있지
> 적과 동지를 구별하는 기교가 아니라
> 내가 나를 키우는 자궁의 시간을
> 그 무엇도 아닌 자신의 피로 쓰는
> 천 년 독수리의 시 쓰는 법을
>
> ──「독수리의 시」에서

"사랑을 정조준하고/ 폭포처럼 알몸으로 일어서"(「활엽수」) 피로 쓴 시를 그녀는 허공을 뚫는 시라고도 하고 활시위처럼 팽팽한 고독의 문장이라고도 한다. 그러나 "허공을 떠도는 에로스의 새"(「종이비행기」)는 "바람에 이마를 부딪고/ 무참히 고꾸라지는/ 총구 앞의/ 탈옥수"에 지나지 않는다. 신은 시인이 아니라 시인의 관객이 된다. "신만이 유일한 관객인 것 같다"(「시인의 퍼포먼스」). 언제부터인지 그녀의 시에서 육체적인 사랑의 알레고리가 적어지고 물이 피의 효과를 대신하게 되었다.

나와 나 사이

시를 버리고

흐르는 구름을 끼워 놓는다

(……)

이끼가 낄 때까지 입을 열지 않는

검푸른 석벽(石壁)도 치워 버린다

　　　　　　　　　　　—「나와 나 사이」에서

　말의 힘으로 그녀는 삶을 다시 시작하려고 시도한다. 한
줄에 평생을 탕진했다던 여자가 이제는 시를 버리고 욕망
을 버리고 구름과 공허를 택하겠다고 한다. 침묵도 이제는
최고의 가치가 아니다. 그녀는 디오게네스처럼 대낮에 등
불을 들고 어떤 사람을 찾아 방황한다. 그녀가 찾는 사람
은 바로 자기 자신이다. 찾는 사람이 찾아다니는 사람과 동
일하다. 나는 누구인가? 나는 어디에 있는가? 나는 내가
모르는 곳에 있다. 자기에 대하여 정절을 지키려면 방황하
지 않을 수 없는 이유가 여기에 있다. "이끼가 낄 때까지
입을 열지 않는"다는 말은 『조주어록』의 판치생모(板齒生毛)
에서 나온 것이다. "앞니에 털 났다"는 이 문장은 생(生)이
라는 동사를 어떻게 보느냐에 따라 수만 가지 의미를 가질
수 있다. 이도 털도 살에서 나오는 것이라는 평등관이 될
수도 있고 이가 털을 낳는다고 보아서 불변이 가변을 규정
한다는 중론(中論)의 공관(空觀)이 될 수도 있다. 앞니에 곰

143

팡이가 슬도록 입 막고 가만있으라는 의미로 보기도 하는데, 문정희가 이 시에서 택한 것이 바로 이 해석이다. 시인은 "성자처럼 깨어 있는 것만이 위대한 것은 아니다"(「잠」)라고도 말한다. 「잠」에 나오는 고단한 낙타는 피로 쓴 글과 함께 니체에서 온 이미지이다. 서정주도 스무 살 때 니체가 무릎을 뚫고 들어왔다고 말한 적이 있다. 니체는 낙타와 사자와 어린아이의 세 단계를 설정했는데, 문정희는 낙타를 그대로 두고 짐과 잠의 두 단계를 설정했다. 수용과 파괴와 창조의 3단계가 노동과 휴식의 2단계로 조정된 것이다. 잠은 서정주의 「도화도화(桃花桃花)」에 나오는 "원수여, 너를 찾어 가는 길의/ 쬐그만 이 휴식"에 해당한다. 문정희는 잠을 통해 꿈의 미로와 틈새로 들어가 마지막에 가면 누구나 보게 되는 인간 의식의 막다른 골목에 도달하려 한다. 「내가 입술을 가진 이래」는 "내가 입술을 가진 이래/ 사랑한다는 말을 한 적이 있다면/ 해가 질 때였을 것이다"라는 문장으로 시작된다. 그녀에게 해가 질 때는 해가 다시 떠오르지 않을지도 모르고 당신을 다시 못 볼지도 모른다는 두려움에 휩싸이는 종말론적 시간이다. 이 종말론적 비전이 그녀의 나날을 새롭게 한다. 그녀는 오늘도 꽃들에게 옷 입는 법을 새로 배우고 있다.

고통과 쓸쓸함이 따라다니지만
부드러운 비가 어깨를 감싸 주는 날도 있지

새로 또 꽃은 피어

눈부시게 옷 입는 법을 가르쳐 주고

새들은 풀잎 같은 혀로 시 짓는 법을 들려주네

나무들은 몸으로 춤을 보여 주네

아무래도 나는 사랑을 앓고 있는 것 같네

악어들이 검은 입을 벌린 이 도시

왜 자꾸 새 옷을 차려입고 싶은지

왜 자꾸 사운사운 시를 짓고 싶은지

　　　　　　　　　　　—「새 옷 입는 법」에서

　삶에 대한 혐오는 현재를 배척하여 미래로 향하게 하고
삶에 대한 환희는 순간을 황홀하게 수락하도록 한다. 이
시에서는 환희가 혐오를 압도한다. 우리는 이 시에서 모든
것이 현재가 되는 어떤 일치를 발견한다. 황홀한 도취의 시
간은 공간적 구도를 가지고 있다. 그것은 시공 연속체이고
시간-그림 합성체이다. 황홀의 순간은 겪어 본 것으로 나
타날 뿐 아니라 겪어 볼 만한 것으로 나타나기도 한다. 그
순간은 현재이면서 동시에 과거이고 미래이기도 하다. 황홀
의 순간은 시간을 녹이고 늘리고 늦추며 끝내는 멈추게 한
다. 황홀한 순간은 시간이 소멸하는 순간이다. 그것은 당위
가 아니고 존재이며 진정으로 자기에 속하는 자신의 고유
성이다. 황홀의 순간에 우리는 자신의 몸과 마음을 혐오감

없이 바라볼 수 있는 용기를 갖게 된다. 그 순간에 우리는 현재를 뒷받침하는 어떤 원인, 어떤 선행 사실이 있었으리라는 가정을 폐기한다. 순간의 불연속성이 그 자리에서 욕망과 존재를 통합하는 것이다. 문정희는 일체의 도덕적 고정관념을 부정하고 병과 죄를 넘어서 살며 사랑하는 즐거움을 보여 준다. 그녀는 세계가 막 새롭게 시작되고 있다는 것과 순간순간이 모두 유일하다는 것을 분명하게 알고 있다. 시의 바탕은 긴장이 될 수도 있고 유희가 될 수도 있다. 그러나 나는 문정희의 시가 어느 한쪽으로 기우는 것을 바라지 않는다.

문정희

1947년 전남 보성에서 태어나 서울에서 성장했다. 1969년 《월간문학》 신인상으로 등단했으며, 시집 『문정희 시집』, 『새떼』, 『혼자 무너지는 종소리』, 『찔레』, 『하늘보다 먼곳에 매인 그네』, 『별이 뜨면 슬픔도 향기롭다』, 『남자를 위하여』, 『오라, 거짓 사랑아』, 『양귀비꽃 머리에 꽂고』, 『나는 문이다』 등이 있다. 미국 뉴욕에서 영역 시집 『Wind flower』, 『Woman on the terrace』가 출판되었고 그 외에도 독일어, 스페인어, 프랑스어, 알바니아어 등으로 번역 소개되었다. 현대문학상, 소월시문학상, 정지용문학상 등을 수상했으며, 동국대 석좌교수, 고려대 문창과 교수를 역임했다.

다산의 처녀

1판 1쇄 펴냄 · 2010년 9월 24일
1판 7쇄 펴냄 · 2020년 9월 4일

지은이 · 문정희
발행인 · 박근섭, 박상준
펴낸곳 · (주)민음사

출판 등록 1966. 5. 19. 제16-490호
서울특별시 강남구 도산대로1길 62(신사동)
강남출판문화센터 5층 (우편번호 06027)
대표전화 02-515-2000 / 팩시밀리 02-515-2007
www.minumsa.com

* 잘못 만들어진 책은 구입처에서 교환해 드립니다.